KB070953

구름파이

책 만 드 는 집 시 인 선 2 4 2

구름파이

심여혜 시조집

책만드는집

수식어도 허락되지 않은 투박한 문장들을

마침내 전송한다

망설이던 내 손가락 끝에서

누군가의 가슴으로 잘 가서 닿기를

숨을 곳이 생각나지 않는다

오늘따라 시간은 한 방향으로 흐르지 않고

내 안의 사계를 훌쩍 뛰어넘는다

2024년 여름
심여혜

| 차례 |

1부

2부

3부

4부

1부

이면지

페이지 페이지를 가득 채운 날들이다

무거운 몸 쿨럭이며 토해내는 프린터

각 잡은 행간의 뒷면 보얗게 내민 여백

버리지 못한 시간 책장 한켠 쌓아두다

자주 걸려 부딪혀도 구김 없이 빳빳한

순간에 자르고 오려진 문장의 그 절반쯤

오늘의 날씨

들끓는 지난 하루

활자로 고인 아침

사회 면면 가득 울린

웃자란 소문 질 때쯤

풍랑 뒤 잔잔한 바다에

맑게 별이 뜨겠다

수안동 팽나무

비스듬히 두 손 뻗고 서로의 등 기대서다

예보 없이 내린 비에 새들 함께 숨은 가지

연리지 그 깊은 속내 써 내려온 푸른 문장

이백여 년 같은 궤도 그곳에 가고 싶다

멍석에 널린 소문 잎 그늘 드리울 때

일몰의 어깨 틈으로 인화된 날의 기록

선반

걱정은 올려두라

내어주는 그루터기

비껴가는 시간들이

손끝 내내 바장일 때

통화음 벽을 타고 오른다

간추리는 병실 안부

보석 상자

가슴께 쌓고 있던 돌들이 흩어질 때
잊은 듯 열어보는 마호가니 바랜 상자
머나먼 그곳 스와니
오르골 소리 함께 걷다

까치발로 서랍 열면
영롱한 유리알들
한나절 졸라 달던 포도알 브로치
진주는 눈물이란다
어머니 건네던 말

텅 빈 채 달려오던 햇살 가득 품었다가
탯줄 잘라 고이고이 띄워 보낸 포도송이
길마다 뒤돌아본다
빛살 칭칭 감은 나무

검정 봉다리

휑한 길목 바람길에 날아가는 검은 날개

축축한 것 비릿한 것 묵묵히 담아내다

하루치 돌돌 만 일상 털어낸 채 서성이는

소중한 것 빛나는 것 품어본 적 있었는가

물 말아 한 끼 넘긴 취준생 지친 손에

건네는 밀감 한 봉지 위안되는 그런 날

맥모닝*

노란 테 창 너머로

새벽 개고 나온 하늘

줄지어 버스 오르는

사람들의 뒤축 본다

환기가 필요한 날에

아침 커피 내리는

* 맥도날드 아침 메뉴.

수달이 올 때까지

언 땅에 고인 햇살
잎새 그린 온천천

한기에 샛노래진
민들레 어깨 너머

어서 와
여기서 쉬렴
먼저 앉는 달무리

지니*에게

매일 아침 나긋하게 알려주는 날씨 요정

오늘 날 추워요 따뜻하게 입으세요

목도리 꽁꽁 싸매준 아내의 손길처럼

오롯이 TV 앞 혼자여도 외롭지 않아

약 먹을 시간이에요 물잔 함께 내밀어 줄

가끔은 말 걸고 싶다 지니야 밥 먹자

* 인공지능과 TV가 융합된 KT의 음성 서비스.

냉장고

바흐의 평균율이 셋잇단음 되는 새벽

미루고 미루었다 써 내린 편지처럼

지난밤 열을 삼키던 갱년기 문을 연다

신문지 돌돌 말아 칸에 둔 푸른 잎처럼

오늘의 젊은 날도 내도록 싱싱하길

냉기로 비어있는 마음 영하 2도에 맞춘다

줄자

몇 번이고 하루를

펼쳤다 지우는 길

가슴속 이야기는

접고 또 접어두자

등줄기 휘어지도록

낯선 눈금 헤아릴

모서리

서너 발짝 돌아가면

이태원 버스 길목

남겨진 국화 송이

바람의 품 파고들 때

부러진 안경테 너머

못다 전한 너의 말

기억은 힘이 세다*

동여맨 상처 위로 햇살 언 듯 포개지다

문들이 닫힌 틈새 맨발로 드는 계절

손 한번 잡지 못한 채 꿈길 가듯 네가 가고

이태원 모서리를 절며 절며 딛는 바람

얼룩진 보도블록 차갑게 서리 내린

기억을 깁고 깁는다 자오록 핀 국화꽃

* 이태원 참사 재발 방지를 위한 용산구 슬로건.

와락

별 무리 다녀가는

빈집에 들어선다

회색 코트 걸린 창가

그림자 늘인 하루

고단한 등을 내리면

감꽃 향기 먼저 앉는

호두과자

길들이
멈춰 선 곳
동해바다 들어온다

예열된 시간들에
포슬해진
망양휴게소

습자지
한 겹 펼치면
바람 냄새 감겨오는

빈집

하늘가 오도카니 엄마 잃은 장단지들

골마지 희뿌옇게 깊은숨 참아내다

주름진 기억을 뒤로 소금꽃이 피었다

손 닿으면 떨어질세라 희디희던 목련꽃

바람이 지나는 길 꽃향기 함께 와서

햇살에 안부를 전한다 엄마 나는 잘 지내요

2부

국에 밥을 말다

찬밥에 마른반찬

마주한 식탁 위로

길 잃은 시어들이

입속 내내 까슬하다

따끈한 국물에 만다

시 한 편을 녹여낸다

용늪,* 그곳

한 세월 가슴앓이 시린 금 긋던 자리
계절의 뿌리들이 일제히 저립할 때
햇살이 비켜 가는 길 금강초롱 불 밝힌다

뭇별 지던 고원은 초록으로 여물었다
저마다의 보폭으로 가늠해 보는 늪의 서정
우듬지 둥지 품은 고니 푸른 숨을 고르는 곳

동토의 더부살이 물이끼 이불 덮다
빗장 연 길을 따라 순례자 발자국 소리
그루잠 혹여 깨울라 저녁놀이 온통 붉다

* 강원도 인제군 대암산 정상 아래 해발 1280m에 위치한 고층습지.
우리나라의 유일한 람사르협약 습지.

32

홍룡虹龍폭포

부딪쳐 아린 날들

벼랑 끝 매어두다

투명한 물의 뒤축

수없이 패어지다

무지개 하늘을 오른다

자목련이 지는 밤

닻별*

희붐한 빛살의 끝 기대어 닻을 풀다

꼬깃꼬깃 접은 마음 감추었던 양쪽 날개

감귤빛 물이 든 하늘 기다려 선 북극 성좌

가을 함께 드는 시간 얼굴 더 선명하다

고단한 등허리를 뉘어 쉬는 구름 기둥

오로라 끌고 온 자리 와락 안긴 붙박이별**

* 카시오페아 별자리의 순우리말.
** 위치를 바꾸지 않는 별. 북극성 등이 있다.

인스타그램

서로의 배경에서

품어보는 12월

인화된 오늘 하루

모두에게 닿기를

심장에 와서 박힌다

바람 들꽃 별의 행보

휠체어가 있는 풍경

밤 벚꽃길을 간다

칠순 아들 구순 노모

고운 밤 고운 날들

눈빛 층층 쌓아두려

느리게 걷는 길 위로

타래 감는 뽀얀 달빛

스탠바이 제주공항

파란 지붕 지척인데 포물선만 긋고 있다

뻣뻣한 일상의 깃 책갈피에 꽂아둔 채

세상사 너그러워질 시간들을 꿈꾼다

거센 바람 쏟아져도 공고한 활주로 위

낙엽처럼 어지러이 마음 또한 흔들릴 때

가끔은 숨 돌려 가라 유영하는 비의 행렬

난독증

모니터 한켠에서

잎새들 파닥인다

행간을 잃어버려

똑같은 자모음들

에돌아 별자리 끝에

낮달 되어 졸고 섰다

파도

오늘도 어제처럼 맞아주는 엷은 미소
막둥이 시집보내야지 나를 좀 일으켜 다오
엄마는 섬이 되었다 매일매일 부서진다

금모래 반짝이던 유년의 바다에서
주름진 손 꼭 잡고서 흐린 노래 불러본다
파도야 기억 몇 자락은 남겨주렴 우리 곁에

목멘 이름들과 지금쯤 만났을까
아슴히 바라보는 시간의 틈새에서
석양이 접히는 자리 바람 소리 숨죽인다

길목 커피숍

홍매화 꽃등을 켠 24시 무인 카페
탁자에 턱을 괴어 숨찬 하루 넌다
금속음 머신에 고인
정갈한 아라비카

멈춰진 일상들이 통창 밖 머뭇댄다
마스크 넘겨 나눈 짧은 인사 뒤로하고
관절을 잃는 바람 틈
빗금 치듯 뭇별 들다

레이니 블루*

차창 너머 물빛 하늘

불빛에 어룽진 날

길 아닌 길 위에서

너의 모습 비껴갈 때

또르르 우산 속으로

젖어오는 레이니 블루

* 일본 가수 토쿠나가 히데아키의 노래 제목.

목련

눈사람 녹아내린

물웅덩이 봄이 되다

어떤 말로 위로할까

살랑 부는 바람 타고

잎들이 밑그림 그린 가지

살포시 내린 솜꽃

못

오래된 가족사진 뒷모습이 허예졌다
해지고 바랜 벽지 몇 겹으로 봉해져도
묵묵히 꼭짓점 긋고
함께한 날 헤아린다

아버지 망치 소리 저녁 깊던 이삿날에
교복 건 옆자리에 몇 번이고 튕겨나던
실핏줄 감추고 선 벽
올곧게 박힌 푸른 성좌

점점이 뿌려놓은 별빛 같은 얼룩 위로
집 떠난 사람들의 먼 발자국 들려오면
헐겁던 현을 당긴다
지친 벽을 깨운다

달빛 연가

계절의 등 뒤에 머무는 건 바람과 햇살
그대는 나의 행보를 기억하지 못한다
빛살 속 다이어트에
거친 숨만 내린 하루

한 서른 날 돌아 돌아 반가이 파고들면
덤덤히 내어주는 그리운 너의 가슴
오늘은 반달로 떠서
내내 감싸 안으리

신호등 눕다

오지에 걸린 사진 어느새 손바닥 안

스마트한 손끝에서 까무룩 닫힌 두 귀

계절이 바닥에 닿아 불빛 함께 점멸한다

길목을 횡단하는 바람의 보폭 위로

징검다리 두드리는 소리를 들어보렴

온종일 눈길 닿은 곳 발길 가만 비추는

콜드문*

춥고 시린 손등 위로

달 향기 파고들다

눈썹이 하얗도록

새겨낸 밤의 문장

어둠을 개고 나온 틈

감파랗게 물들다

* 12월에 뜨는 보름달.

빨래

구겨진 시간들이

거품을 털고 있다

쇄골까지 닿은 향기

파닥이는 흰빛 날개

말갛게

헹궈진 하늘

촘촘한 햇살 품다

무한 재생

끊길 듯 이어지는 아델*의 짙은 독백

꽃잎 뚝뚝 지는 날에 서성이는 바람이다

단단한 경계 허물어 내 속으로 달려오는

한 소절 두 소절을 아껴가며 귀에 담다

해지도록 닫혀있는 가슴의 언저리쯤

트랙이 돌고 또 돌아 하루 끝에 앉는다

* 영국의 싱어송라이터.

48

3부

포크

하늘 쟁반 담겨있는

몽글한 구름파이

달달한 바람 몇 줄기

노을녘 둘러쌀 때

건들면 툭 눈물 쏟을까

갈퀴 손톱 감추는 너

2022, 화성Mars

민낯을 가리고서 호수에 잠기는 달
남쪽 하늘 모서리에 손님별 찾아오면
닿을까 손 내민 아이 눈에
먼저 와서 박힌 별빛

계절은 길 하나씩 비우며 지나간다
집 떠난 사람들이 한기를 껴입을 때
먼 여정 지친 새벽녘
말 걸어오는 순한 별빛

사랑하는 사람들과 늘 함께 꾸는 꿈들
말없이 내 아버지 낮달 되어 나를 볼까
썼다가 부치지 못한 편지
마당 한켠 묻는다

마녀 옷장

엄마 방 옷장 열면
검정색 옷만 가득

입학식 졸업사진
결혼식 장례식도

어둠을 더듬어 찾는다
옷 속에 숨은 말들

후지야마

엽서 한 장 보내다오

결 고운 능선길 가면

참아라 견디거라

담금질하는 가슴 언저리

백년설 머리에 이고

구름 따라 물들다

섬

하늘빛 조각천에 섬 하나 그려본다

쏴르르 쏴아쏴아 번지는 파도 너머

아릿한 기억 한 자락 손짓하는 은모래 숲

결 고운 해안길 따라 읊조리는 낮은 노래

어느새 손끝에서 시가 되고 그림이 되면

후드득 이팝나무치과에 바닷새 날아간다

처서 무렵

비우면 잊힐까 봐 미루듯 정리한다

모서리 타고 내린 꽃 벽지 퇴색해도

가슴속 팔레트 칸칸 가을 국화 채워 넣다

숲속길 바닷바람 여름밤 데려가다

한 발짝 두 발짝씩 밀려나 구석 자리

달달달 선풍기 소리 계절의 뒤축 끌고 가는

거미

밤새 땋은 시간들이

이슬 박혀 출렁인다

허공을 유영하는

은빛 촘촘 투망 위로

이제는

네 무늬 그리렴

축축해진 어미의 손

나비의 꿈
― 서대문 역사관에서

나 여기 왜 있는가 시린 허리 감싸 쥔다
어둠 갇힌 복도의 끝 낮은 노래 들려올 때
아들아 훨훨 날아서 너에게 가야겠다

소심한 나 숨어 울던 좁은 벽 너머에는
영산홍 흰 나팔꽃 지천으로 피었으리
미로가 끝난 그곳에 고향 집이 선하다

건널목 소나타

다칠세라 잡은 두 손

다른 손에 쥔 지팡이

노부부 잰걸음이

건반길 두드릴 때

그림자 길게 늘인다

봄을 가듯 건너시라

초이스안경점

파스텔 엷게 편 듯 아스팔트 뿌예지다

보고 싶은 형상들이 미간에 들인 주름

손 그늘 닿은 교차로 회색 어닝 따라선 곳

차가운 시간들이 두껍게 걸쳐진 테

훌훌 떠난 계절 앞에 원근법 생생하다

다초점 세상 속으로 빛들이 색을 입는

파라오*

성근 하루 내려앉는다

스르르 봄볕처럼

일상의 구김들을 하나둘 펴는 손길

전생에 왕의 여자였을까

그대 있어 참 좋다

* 안마의자 제품명.

분리수거의 시간

짐을 부린 택배 박스 길의 이력 지워낸다

옷장 속 포개져서 어둠 함께 잠든 날들

벗겨낸 빈병의 살갗 둥글게 말린 오후

각이 진 귀퉁이가 뭉개져 납작해진

버리지 못한 이유 손가락 접어보는

거풍은 시간을 거슬러 하나둘 비워내는

피에타*

스물넷 미켈란젤로와
회랑을 같이 걷다

겉 낳은 하늘의 아들
오롯이 내 무릎 위

가거라
다시 오너라
골고다의 핏빛 절규

* 미켈란젤로 3대 조각상 중 하나로 성모마리아가 십자가에서 내린
그리스도를 안고 있는 모습을 표현하였다.

꽃샘추위

목련의 향기 위로 눈 자락 흩어질 때
계절의 터미널에서 북으로의 긴 여로
사흘만 머물다 갈게
바람 소리 목이 멘다

서리가 내린 날들 켜켜이 고인 한숨
이토록 많은 것을 원하여 가졌던가
겨울이 비켜선 자리
올려오는 고해성사

3월의 정원에는 푸른 꽃 스멜라도
초라한 뒷모습만 길게 누운 하늘가로
안단테 칸타빌레로
잔별들이 쏟아진다

각티슈

차곡차곡 포갠 마음

낮은 탁자 자리하다

뽑히는 건 두렵지만

닦고 또 닦아내다

한 점의 티끌도 없이

눈부시게 맞는 하루

당리시장

소쿠리 가득 섬초 한사코 더 없는 손
너그매는 절대로 깎지도 더 달라도 안 한대이
주름진 햇살 너머로 건네는 환한 웃음

헐렁한 푸성귀 난전서만 사는 엄마
어려운 사람들이 그래야 힘이 나제
귓가에 그 말 맴돌 때 찾아드는 골목시장

재첩국 할매가 마 죽어뿟나 안 나오네
그림자 늘어진 채 함께 걷던 그날처럼
모퉁이 믹스커피향 땅거미에 스며들다

4부

민수네건어물

오늘따라 밤은 길고 입속 더 버석인다

기장 바다 비릿한 몸 투명 비닐 봉해진 채

아침놀 깔리는 자리 찬 내음 밀려오는

드문드문 걸음들 오후 매대 헐빈하다

몸피가 쪼그라져 떠나온 날 아득해도

파도의 지문 닿은 곳 해조음 밀려오는

텀블러

차갑게 혹은 뜨겁게

하루가 열려간다

입술을 다문 채로

건네는 캐모마일

정량을 초과한 온기

어깨 가만 내주는

실로암 가는 길

추석 성묘 가는 길 코스모스 다가선다

잘못 든 길 알려주던 편의점 한 귀퉁이

장미도 해바라기도 가격표 단 채 섰다

잘디잔 향기 따라 벌들의 낮은 비행

낯선 듯 익숙하다 꽃무덤 능선에 서면

담에 또 짧은 만남에 흐려오는 실루엣

필라테스, 필라테스

오십견 시린 어깨

타전해 온 모스부호

하루치 질량만큼

땀샘을 비워낸다

헐겁게 풀어진 마디

다시 쓰는 처방전

느린 우체통

밀물이 썰물 진 바다 이바구길 그러안는다

세로 접어 오롯이 내게로 띄운 편지

시간의 모래톱에서 먼 하늘 당겨 읽다

층계 선뜻 내려서면 청마*의 아틀리에

못다 쓴 엽서들 손때 묻은 책상 한편

결빙된 시간 틈으로 바스락 닿은 시편

* 시인 유치환의 호.

6병동 간호사실

발신번호 들어올 때

가슴이 쿵쾅댄다

내 부모 어쩌지 못해

맡겨둔 죄스러움

어르신 잘 계시고요

참았던 숨 몰아쉰다

네일숍에서

밋밋한 시간 꺼내

팔레트에 담아낸다

연두에 형광 풀어

어디서나 반짝이게

손끝에 열리는 정원

빛살 한 줌 없는 날

은행나무 북카페

자잘한 안부의 말 찻잔 속 스며있다

턱 괸 채 바라보는 벽돌집 바깥 풍경

섬네일* 가득 찬 거리 금실 타래 풀어 헤친

빽빽한 책장 사이 재즈 드럼 유영한다

오롯이 혼자의 시간 한 잎 두 잎 쌓인 길목

책갈피 두고 온 가을 빈 찻잔에 머무는

* 영상이나 책의 목차 페이지에서 내용을 일부 보여주는 작은 이미지.

새벽 배송

저녁의 풍경 두고

내일을 채비한다

늘어져 쉬던 문장

성마른 새로고침 끝

줄기째 양구 시래기

선잠 털고 온 아침

디데이

먼저 온 새벽별이
문밖을 서성인다
수험생 플래너에
하루 또 지워가면
대신해 잠이 든 달빛
이불 위 모로 눕다

백 일을 넘긴 기도
계절이 가파르다
묵직한 가방 메고
나서는 아침 현관
오늘도 힘을 내야지
슬몃 건넨 텀블러

도미노

팽팽히 조율하던

한켠이 휘청인다

출처를 알 수 없는

소문들 벽을 쌓고

두 줄기 진단 키트* 뒤로

이제 다시 설 시간

* 코비드19 검사 키트.

우산

어느새 몸 불었나 작디작은 물방울들

겹겹이 포개어져 머물던 한 귀퉁이

일기장 첫 칸에다가 흐린 후 비라 쓴다

발목까지 고인 빗물 잎새 위 젖어들다

잿빛 하늘 번진 자리 낮게 낮게 감싸 안는

닿았다 내 손끝에서 튕겨나는 현의 떨림

파라오*가 있는 풍경

토마토 치즈 꽃잎

딸아이 얼굴 같다

그만 자 차마 못 해

한껏 지은 17곡 선식

두시 반 수험생 모드

불 꺼질 때 기다린다

* 안마의자 제품명.

왼손이 나에게

가벼움 하나 없이 아린 하루 내려앉는다
세상의 모든 것들에 날개가 달리기를
오롯이 보듬어주는 다른 손이 따스하다

열대어에 사료 분말 한 움큼 흩뿌린다
더러는 한 손으로 익숙한 일도 있어
생각이 꼬리를 물 때 비쳐 드는 깁스 자락

계절이 앞서간다 더딘 시간 뒤로한 채
손끝엔 애 터지는 갈무리가 한창인데
비운 듯 앓아라 한다 새살 가득 담기리니

오동수

불국사 돌담길을

새소리 함께 걷다

비워서 채워진 자리

소슬히 고인 바람

우수수 별 그림자들

물 위로 어룽진 날

다시 봄

— 불리단길*에서

수런대던 웃음소리 설렌 봄 채우는 곳
도시재생 현수막들 천년 능선 가려 선 채
햇살도 개장 휴업이다 토함 아래 첫 동네

낡은 기와 받치고 선 하늘의 힘줄 본다
겹벚꽃 남은 향기 담장 너머 탑을 쌓고
어쩌다 캐리어 끄는 기척 노루잠 깨는 불리단길

촉 낮은 연등길에 나이테 감는 바람
시간이 웃자라난 눈부신 벽화길로
주름진 손 잡아끈다 열여덟 봄 다시 걷는다

* 불국사 숙박단지 부근. 침체 위기 속에서 최근 조명테마거리, 벽화
거리, 갤러리로 변화하고 있다.

그늘과 그림자, 혹은 서사가 자아내는
여운과 정취
– 심여혜 시인의 첫 시조집 읽기

황치복 문학평론가

1. 그늘과 그림자의 이미지가 향하는 곳

    2021년 《한국동서문학》을 통해 문단에 나온 심여혜 시인의 첫 번째 시조집이다. 다른 시인에게도 첫 시조집이 으레 그렇듯이 심여혜 시인에게도 첫 시조집은 그동안 살아온 삶을 돌이켜 보면서 정리하고 새로운 삶을 기획하는 장場이기도 하고, 시인의 개성과 미학적 특성의 단초를 선보이는 기회이기도 하다. 이번 시조집에서 가장 주목되는 이미지는 바로 '그늘'이라든가 '그림자', 그리고 이에 대비되는 이미지로서 '별'의 심상이라고 할 수 있는데, 그늘이라든가 그림자는 존재자들이 실존적 삶을 살아가면서 맞닥뜨리는 고통과 아픔의 어두운 국면, 그리고 거기에서 파생되는 어떤 정취와 여운을 시사한다면, 별의 이미지는 그러한 곤경에서 벗어나고 싶은 초월적 욕망을 함축한다.

그늘과 그림자의 이미지가 시사하는 것처럼 시인은 사람과 사물들이 드리운 어두운 국면에 주목하면서 그것이 품고 있는 어떤 서사와 곡절을 읽어내려고 한다. 어두운 서사와 곡절을 읽어내려고 하는 것은 시인이 그러한 소외된 삶의 어떤 국면에 대해서 공감과 연민을 지니고 있기 때문이다. 시인이 공감과 연민을 가지고 타자들이 처한 상황과 그들이 품고 있는 아픔의 서사를 읽어내려고 하기 때문에 시적 진정성이 살아나고 감동을 자아낼 수가 있다. 타자들의 아픔에 주목하는 방식은 다음 시와 같이 그윽하고 고적하다.

비스듬히 두 손 뻗고 서로의 등 기대서다

예보 없이 내린 비에 새들 함께 숨은 가지

연리지 그 깊은 속내 써 내려온 푸른 문장

이백여 년 같은 궤도 그곳에 가고 싶다

멍석에 널린 소문 잎 그늘 드리울 때

일몰의 어깨 틈으로 인화된 날의 기록
  -「수안동 팽나무」 전문

　제목이 '수안동 팽나무'이지만, 실은 이 시의 시적 제재
는 팽나무라는 은유의 매재가 담고 있는 그곳에 깃든 생
명들이 꾸린 삶의 어떤 국면들이다. 팽나무는 연리지를
이루면서 서로 등을 기대며 살고 있고, 거기에는 비를 피
해 숨어드는 새들이 기거하고 있다. 수령 200년을 자랑하
는 수안동의 팽나무는 그 세월만큼 수안동 주민들의 삶
의 애환을 지켜보았을 것이며, "멍석에 널린 소문"도 "잎
그늘"로 덮어주며, "일몰의 어깨 틈으로 인화된 날의 기
록"들을 200년 동안 축적해 왔을 것이다. 그러니 시인이
보기에 아무리 나무라고 하지만 유정한 감회가 없을 수
없을 것이라 생각될 수도 있다. 시인이 "그 깊은 속내 써

내려온 푸른 문장"에 주목하는 것은 바로 그러한 이유 때문일 것인데, 팽나무가 간직하고 있는 속 깊은 푸른 문장은 바로 시인이 자신의 시적 공간을 통해서 구현하고자 하는 메시지일 것이다. 그러니까 '수안동 팽나무'는 "이백여 년" 동안 "같은 궤도"를 그리면서 거기에 깃든 생명들의 서사와 수안동 주민들의 서사를 간직해 온 셈이며, 시인은 속 깊이 써 내려온 푸른 문장을 읽어내면서 그것을 복원하려고 하는 것이다. 이런 대목에서 우리는 시인의 시적 지향과 특성을 알 수 있는데, '깊은 속내'라든가 '푸른 문장'이 시인이 추구하는 시적 방향성과 가치를 내포하고 있다. 그러니까 오랜 시간 동안 축적되어 온 시간이 함의하고 있는 삶의 이야기, 곧 서사敍事, narrative라고 할 수 있는데, 그러한 서사에는 그윽하고 아득한 그늘과 그림자가 없을 수 없을 것이다. 다음 작품들 역시 시인이 오랜 시간이 형성한 이야기에서 시적인 것을 발견하는 순간과 풍경을 보여준다.

밤 벚꽃길을 간다

칠순 아들 구순 노모

고운 밤 고운 날들

눈빛 층층 쌓아두려

느리게 걷는 길 위로

타래 감는 뽀얀 달빛
　－「휠체어가 있는 풍경」전문

다칠세라 잡은 두 손

다른 손에 쥔 지팡이

노부부 잰걸음이

건반길 두드릴 때

그림자 길게 늘인다

봄을 가듯 건너시라

　－「건널목 소나타」 전문

「휠체어가 있는 풍경」에서는 "칠순 아들 구순 노모"가
등장하는데, 그들의 연령을 합하면 160여 년에 달한다.
그렇게 오랜 세월이 축적되어 있는 아들과 노모라는 인
물들에게 그윽한 서사가 없을 수 없을 것이다. 그들은 그
처럼 아득한 세월을 배경으로 해서 "밤 벚꽃길을" 걷는
다. 오랫동안 걸었던 길이지만 이제 얼마나 더 걸을 수 있
을지 알 수 없기에 그 길은 더욱 유정할 수밖에 없다. "눈
빛 층층 쌓아두려"라든가 "느리게 걷는 길"이라는 표현이
그들의 내면에서 생성되는 아름다움과 행복감, 그리고
안타까움과 아쉬움이 섞인 복잡한 감정의 밀도를 암시하
고 있다. 특히 "타래 감는 뽀얀 달빛"이라는 표현은 그러
한 복잡한 감정의 실타래들이 달빛과 어우러져 낭만적이
고 몽환적인 분위기를 자아내는 풍경을 묘사하고 있는
데, 그 이미지의 묘사가 그윽하고 절묘하다. 이처럼 절묘
한 이미지가 살아날 수 있는 것은 칠순의 아들과 구순의
노모가 간직하고 있는 층층이 쌓인 서사가 그 배경으로
서 후광을 발하고 있기 때문일 것이다.

「건널목 소나타」에는 "노부부"가 등장하는데, "다칠세라 잡은 두 손"이라든가 "다른 손에 쥔 지팡이"가 시사하듯이 그들은 서로 의지하면서 인생의 도반으로서 함께 먼 길을 걸어왔으며, 이제 지팡이에 의지해야 하는 신세로 전락해 있다. 이러한 정보만으로도 독자들은 부부로서 오랜 세월을 함께 살아온 그들의 서사를 상상할 수 있는데, 그들이 건너는 건널목의 흰색과 검은색이 교차하는 무늬가 그들이 겪었을 인생의 희로애락의 빛과 어둠을 상징하고 있다. 그들이 그러한 무늬의 건널목을 건너며 길게 드리우는 "그림자"도 또한 그들의 인생이 간직한 서사의 아득함과 그윽함을 암시하는데, 긴 여운과 운치를 거느리고 드리워져 있다. 시인은 그러한 노부부의 발걸음에 "봄을 가듯 건너시라"라고 하면서 축복하는데, 아름다운 노년이 봄날처럼 따스하고 충만하기를 기원하는 시인의 마음을 읽어낼 수 있다.

이처럼 시인은 오랜 시간의 축적을 통해 형성된 풍경을 통해서 그 속에 간직한 속내와 서사를 발굴하고 묘사함으로써 서정적 효과를 달성하려고 한다. 그리고 오랜 시간이 함의하고 있는 서사의 내부에는 흰색과 검은색의 무늬라든가 "타래 감는 뽀얀 달빛"과 같은 이미지가 내

장되어 있는데, 그러한 이미지들은 그늘과 그림자의 이미지처럼 여운과 운치를 거느리며 절묘한 인생의 곡절과 애환을 떠올리도록 한다. 한 편을 더 읽어본다.

오늘따라 밤은 길고 입속 더 버석인다

기장 바다 비릿한 몸 투명 비닐 봉해진 채

아침놀 깔리는 자리 찬 내음 밀려오는

드문드문 걸음들 오후 매대 헐빈하다

몸피가 쪼그라져 떠나온 날 아득해도

파도의 지문 닿은 곳 해조음 밀려오는
　–「민수네건어물」전문

"오늘따라 밤은 길고 입속 더 버석인다"는 표현이나 "드문드문 걸음들 오후 매대 헐빈하다"는 표현들은 "민수네건어물"이 쇠락과 몰락의 길로 내몰리고 있는 가혹한 현실을 암시한다. 또한 "기장 바다 비릿한 몸 투명 비닐 봉해진 채/ 아침놀 깔리는 자리 찬 내음 밀려오는"이라는 표현에서도 바다를 터전으로 삼아 한 가족의 생계를 일구어온 민수네 가계가 직면한 차가운 현실을 시사해 주고 있다. 그런데 민수네 가계의 몰락과 쇠락이 어떤 감동과 여운을 남기는 것은 "몸피가 쪼그라져 떠나온 날 아득해도/ 파도의 지문 닿은 곳 해조음 밀려오는"이라는 표현에서 상상할 수 있는 그 가계의 내력과 서사 때문이다. 그러니까 민수네 가계는 어려운 환경을 전전하다 기장으로 스며들어 왔는데, 여기서도 자리를 잡지 못하고 몰락으로 향해가고 있는 것이다. 민수네건어물을 향해서 몰려오는 파도 소리는 자연의 한 부분이 되어 있는 민수네건어물이 자연의 파동과 세월의 흐름에 의해서 자연스럽게 소멸할 운명에 처해 있음을 짐작게 한다.

심여혜 시인이 발견한 서정이 발산하는 기제에 대해서 분석해 보았는데, 시인은 오랜 시간을 담지하고 있는 대상, 혹은 그윽한 서사를 간직하고 있는 대상을 초점으로 하여 그 내력과 곡절을 상상할 수 있는 제재에 주목하고 있음을 알 수 있다. 대체로 오랜 시간이 축적되었기에 그러한 대상들은 몰락을 향해 나아가고 있는데, 그렇기 때문에 시인이 내세우는 시적 제재들은 그윽한 서사의 감동과 함께 몰락이 주는 짙은 페이소스pathos를 발산하게 된다. 그리고 그러한 대상들은 오랜 시간을 함축하고 있기에 여운으로서의 그늘과 그림자를 드리우게 되는데, 그것은 그윽한 시적 정취와 운치를 생성하는 기제가 된다.

심여혜 시인의 시적 상상력에서 중요한 또 다른 대상은 어려운 삶을 꾸려가고 있는 이웃, 그리고 정서적 고향이라고 할 수 있는 가족에 대한 추억이다. 이러한 시적 대상들은 평범한 것이라고 할 수 있지만, 이러한 대상들에서도 시인은 앞서 언급한 시적 서사를 발굴함으로써 감동과 여운을 생성한다. 물론 그러한 서사에는 궁핍과 곤궁의 그림자들이 드리워져 있는데, 그러한 그림자로 인해서 심여혜 시인의 시적 공간은 짙은 서정의 파토스로 파동 치게 된다. 그러한 시적 공간으로 들어가 보자.

2. 이웃과 가족의 그림자가 생성하는 서사

횅한 길목 바람길에 날아가는 검은 날개

축축한 것 비릿한 것 묵묵히 담아내다.

하루치 돌돌 만 일상 털어낸 채 서성이는

소중한 것 빛나는 것 품어본 적 있었는가

물 말아 한 끼 넘긴 취준생 지친 손에

건네는 밀감 한 봉지 위안되는 그런 날
　－「검정 봉다리」 전문

　잡다한 물건들을 담아서 주는 그토록 하찮고 사소한
사물인 '검정 봉다리'가 시적 제재가 되고 있다. 시장에
서 물건을 담아주던 검정 봉다리에 대해서 이처럼 유정
한 시적 사유를 펼치는 시인의 시적 안목이 놀랍다. 그것
은 "횅한 길목 바람길에 날아가는 검은 날개"와 같은 것
으로서, 바람에 이리저리 흩날리는 하찮은 것인데, 색깔
조차 검은색이어서 빛이 나지 않는다. 또한 그것은 "축축
한 것 비릿한 것 묵묵히 담아"낸다는 표현에서 알 수 있듯
이, 눅눅하고 꿉꿉한 것들과 역겨운 느낌을 주는 사물들

을 담아낸다. 그래서 시인은 "소중한 것 빛나는 것 품어본 적 있었는가"라고 하면서 검정 봉다리의 열악하고 비천한 처지를 환기한다.

하지만 사람들이 꺼리고 싫어하는 그러한 축축하고 비릿한 것을 담아내는 검정 봉다리는 성자적 면모를 가지고 있다. "축축한 것 비릿한 것 묵묵히 담아"낸다는 표현 속에 이미 그러한 인식이 스며 있는데, 세상이 꺼리는 것을 담담하게 받아안는 포용력과 도량을 함축하고 있기 때문이다. 실제로 검정 봉다리는 "물 말아 한 끼 넘긴 취준생 지친 손에/ 건네는 밀감 한 봉지"를 담고 있다는 점에서 우리 시대의 그늘지고 소외된 이웃에게 따뜻한 온정을 베푸는 인격체를 암시하고 있기도 하다. 이렇게 되면 "소중한 것 빛나는 것 품어본 적 있었는가"라는 시적 메시지는 검정 봉다리의 하찮은 성격을 강조하는 것이 아니라 이 글을 읽은 독자를 향하고 있다고 할 수 있으며, 검정 봉다리의 자기희생적인 면모를 강조하기 위한 수사가 되고 만다. 검정 봉다리는 우리 이웃의 그늘진 곳에 따뜻한 손길을 던지는 공동체적 가치를 실현하는 어떤 인격체의 은유가 되는 셈인데, 그 낮은 곳에 임하면서 그늘진 이웃들을 포용하는 태도로 인해 서정적 파동을 일으킨다.

　　소쿠리 가득 섬초 한사코 더 없는 손
　　너그매는 절대로 깎지도 더 달라도 안 한대이
　　주름진 햇살 너머로 건네는 환한 웃음

　　헐렁한 푸성귀 난전서만 사는 엄마
　　어려운 사람들이 그래야 힘이 나제
　　귓가에 그 말 맴돌 때 찾아드는 골목시장

　　재첩국 할매가 마 죽어뿟나 안 나오네
　　그림자 늘어진 채 함께 걷던 그날처럼
　　모퉁이 믹스커피향 땅거미에 스며들다
　　　－「당리시장」전문

　인간적 체취를 느끼기 위해서는 시장에 가라는 말이
있듯이, 시장이란 동네 사람들의 온정이 오고 가는 곳이
라 할 수 있는데, 이 시조 작품의 시적 제재가 되고 있는
"당리시장" 또한 예외가 아니다. 거기에서는 "소쿠리 가
득 섬초 한사코 더 없는 손"이 있고, "주름진 햇살 너머로

건네는 환한 웃음"이 피어나기도 한다. 그러니까 모든 것을 교환가치로 환산할 수 없는 인정과 덤이 있는 곳이며, 사람살이의 희로애락이 펼쳐지는 곳이기도 한 셈이다. 더불어 살아가는 곳이기에 "어려운 사람들이 그래야 힘이 나제"라는 엄마의 말이 실감이 나는 곳이기도 하며, 그러하기에 시적 화자 또한 어려울 때마다 골목시장을 즐겨 찾으며 힘을 얻으려고 한다.

그러나 당리시장은 따스한 인정과 배려만이 있는 곳은 아니다. "재첩국 할매가 마 죽어뿟나 안 나오네"라는 표현에서처럼 문득 이승과 저승의 경계가 흐릿해지는 날이 있기도 하다. 시적 화자는 재첩국 할매의 죽음을 애도하면서 "그림자 늘어진 채 함께 걷던 그날"을 떠올리는데, 시인의 주된 심상인 '그림자'는 고인의 생전의 아픔과 애환을 암시해 주면서 동시에 추억의 아련한 정취를 환기하기도 한다. 그러니까 시인이 시적인 대상으로 부각하고 있는 '당리시장'이란 우리 이웃들의 치열한 삶의 현장임과 동시에 내 이웃의 죽음이 상존하는 현장이기도 한 셈인데, 이러한 희로애락의 인생사가 지닌 서사들이 잔잔한 감동을 생성한다. 내 이웃과 함께 시인에게 가장 유정한 대상은 가족이 아닐 수 없다.

오늘도 어제처럼 맞아주는 엷은 미소
막둥이 시집보내야지 나를 좀 일으켜 다오
엄마는 섬이 되었다 매일매일 부서진다

금모래 반짝이던 유년의 바다에서
주름진 손 꼭 잡고서 흐린 노래 불러본다
파도야 기억 몇 자락은 남겨주렴 우리 곁에

목멘 이름들과 지금쯤 만났을까
아슴히 바라보는 시간의 틈새에서
석양이 접히는 자리 바람 소리 숨죽인다
　-「파도」전문

　서정시의 영원한 주제인 어머니가 등장한다. 어머니의
상징인 "엷은 미소"는 인자하고 자애로운 어머니의 성품
을 암시하고 있으며, "막둥이 시집보내야지"라고 하는 어
머니의 말씀은 자신의 건강보다 자식의 앞날을 걱정하는
부모의 내면 풍경을 짐작게 한다. 그런데 "엄마는 섬이 되
었다 매일매일 부서진다"는 표현을 보면, 엄마는 이제 치

매와 같은 혼란 상태에 빠져서 혼자만의 의식 속을 거니는 고독한 존재가 되었으며, 조금씩 육체와 영혼이 고갈되는 처지로 몰락하고 있음을 알 수 있다. 이처럼 부서지는 엄마를 바라보는 자식의 심정은 유정하고 유정할 것이다.

쇠약해지는 엄마를 보면서 시인이 의지하고자 하는 것은 엄마와 관련된 기억이다. "파도야 기억 몇 자락은 남겨주렴 우리 곁에"라는 표현은 시적 화자의 간절한 마음을 담아내고 있는데, 이러한 간절한 염원은 엄마와 함께 했던 "금모래 반짝이던 유년의 바다"라는 황금시대를 간직하고자 하는 욕망과 다르지 않다. 그런데 이 시조 작품에서 기억이란 시적 화자의 기억만 있는 것은 아니다. "목멘 이름들과 지금쯤 만났을까"라는 세 번째 수의 초장을보면, 엄마는 자신의 기억 속에 있는 가족들을 그리워하고 있었고, 이제 이승과 저승의 경계를 넘어가서 그들을만났을 수도 있음을 상상할 수 있다. 시인과 엄마의 서사, 그리고 엄마와 엄마의 엄마의 서사 등 이 시조 작품은 다양한 서사들이 들끓고 있는데, 대를 이어서 전개되는 가족의 사랑이라는 서사가 독자들의 상상력을 자극하며 잔잔한 감동의 파도를 일으킨다. 한 편을 더 읽어본다.

오래된 가족사진 뒷모습이 허예졌다
해지고 바랜 벽지 몇 겹으로 봉해져도
묵묵히 꼭짓점 긋고
함께한 날 헤아린다

아버지 망치 소리 저녁 깊던 이삿날에
교복 건 옆자리에 몇 번이고 튕겨나던
실핏줄 감추고 선 벽
올곧게 박힌 푸른 성좌

점점이 뿌려놓은 별빛 같은 얼룩 위로
집 떠난 사람들의 먼 발자국 들려오면
헐겁던 현을 당긴다
지친 벽을 깨운다
　－「못」전문

　어린 시절 가족의 서사가 펼쳐지고 있다. 이 시에 등장
하는 "벽"은 영상이 스쳐 지나가는 스크린과 같은 역할을
하는데, 그 벽에는 이삿날에 아버지가 못을 박기 위해 망

치질을 하던 망치 소리라든가 교복이 걸려 있는 모습, 그리고 오랜 시간 가족들이 "함께한 날"들이 새겨져 있다. 또한 그곳에는 "올곧게 박힌 푸른 성좌"들이 점점이 반짝이고 있기도 한데, 이러한 별들은 가족 구성원들이 그려 보던 찬란한 미래의 모습을 대변해 주고 있다. 그리고 가장 중요한 "오래된 가족사진"이 걸려 있다. 이것은 시적 화자와 가족들이 오랜 시간 동안 써온 인생의 내력을 간직하고 있으며, 그러하기에 그것은 가족의 서사를 간직하고 있는 이미지라고 할 수 있다.

그런데 그러한 공동체적 가치를 실현하던 가족들은 어느새 뿔뿔이 흩어져 버렸고, 가족의 서사는 해체되고 말았다. "점점이 뿌려놓은 별빛 같은 얼룩 위로/ 집 떠난 사람들의 먼 발자국"이라는 구절이 행복했던 유년의 가족이 해체된 현실을 표현하고 있다. 이 시조 작품의 중심 제재인 '못'은 벽에 박혀 있는 못으로서 가족사진을 걸고 있는 대상인데, "묵묵히 꼭짓점 긋고/ 함께한 날 헤아린다"는 표현에서 알 수 있듯이 가족 공동체의 중심으로서 구심적 역할을 하고 있다. 그것이 그러한 역할을 할 수 있는 것은 물론 가족사진을 걸고 있기 때문이다. 그러니까 그것은 행복했던 가족 공동체의 기억을 간직하면서 유토피

아처럼 빛나고 있는 셈이다. 시적 화자가 "집 떠난 사람들
의 먼 발자국 들려오면/ 헐겁던 현을 당긴다/ 지친 벽을
깨운다"라고 표현하는 장면에서는 가족사진을 걸고 있는
못이 과거의 행복했던 가족관계라는 유토피아를 회복하
고자 하는 염원을 간직한 채 벽의 배꼽과 같은 곳에 박혀
서 빛나고 있음을 시사하고 있다. 따라서 벽에 박혀 있는
'못'이란 가족의 과거사가 소용돌이치고 있는 하나의 그
늘이자 그림자라고 할 수 있다.

3. 공동체적 서사가 드리운 그늘과 그림자

  지금까지 이웃들의 서사와 가족의 서사가 자아내는 정
취와 여운을 살펴보았다. 소외되고 그늘진 곳에서 생성
된 서사, 그리고 오랜 기억이 만들어내는 서사는 상상력
을 자극하여 그윽하고 아득한 정취를 자아내고 있었다.
마지막으로 우리가 살고 있는 사회 공동체의 그늘과 그
림자가 드리운 서사가 생성하는 정취를 살펴보자. 사회
적인 아픔과 역사적 그늘이 환기하는 서사는 시인에게
유정한 시적 정취를 자아내며, 잔잔한 감동의 원천으로

작용한다.

동여맨 상처 위로 햇살 언 듯 포개지다

문들이 닫힌 틈새 맨발로 드는 계절

손 한번 잡지 못한 채 꿈길 가듯 네가 가고

이태원 모서리를 절며 절며 딛는 바람

얼룩진 보도블록 차갑게 서리 내린

기억을 깁고 깁는다 자오록 핀 국화꽃
   ─「기억은 힘이 세다」 전문

이태원 참사의 아픔이 그려지고 있다. "동여맨 상처"라
든가 "언 듯 포개지"는 햇살, 그리고 "문들이 닫힌 틈새"라
든가 "맨발로 드는 계절" 등의 이미지들이 모두 헐벗고 차
가운 현실을 표상하고 있는데, 이러한 이미지들은 참사
가 몰고 온 황폐한 현실과 정서적 신산함을 내포하고 있

기도 하다. 또한 "이태원 모서리를 절며 절며 딛는 바람"이라는 이미지, 그리고 "얼룩진 보도블록 차갑게 서리 내린"이라는 표현 속에 담겨 있는 서리의 이미지 등은 참사의 트라우마를 온전히 겪어내야 하는 유족들, 그리고 우리 국민들의 내면적 상흔을 환기하고 있기도 하다.

그런데 이 시에서 가장 주목되는 시적 표현으로서의 시안詩眼은 "손 한번 잡지 못한 채 꿈길 가듯 네가 가고"라는 표현과 "기억을 깁고 깁는다 자오록 핀 국화꽃"이라는 이미지이다. 전자의 표현은 차마 놓을 수 없는 손을 놓고서 죽은 자를 떠나보내야 하는 산 자들의 회한과 고뇌의 심정을 절절하게 표현하고 있으며, 후자의 이미지는 그러한 오뇌와 한탄에도 불구하고 기억에서 도망치지 않고 그것을 붙안고 되새김질하는 내면의 모습을 보여주고 있다. 그러니까 뜻밖의 이별을 수용해야 하는 유족의 아픔과 고뇌를 그리면서도 그것을 되새기면서 다시는 그러한 비극이 발생하지 않도록 다짐하고 있는 대목이라고 할 수 있는데, "기억을 깁고 깁는다"는 표현이 내포하고 있는 마음속의 회한과 다짐의 반복이 서정의 농도를 더욱 짙게 하면서 공동체적 삶의 가치를 되돌아보게 한다.

나 여기 왜 있는가 시린 허리 감싸 쥔다

어둠 갇힌 복도의 끝 낮은 노래 들려올 때

아들아 훨훨 날아서 너에게 가야겠다

소심한 나 숨어 울던 좁은 벽 너머에는

영산홍 흰 나팔꽃 지천으로 피었으리

미로가 끝난 그곳에 고향 집이 선하다

　　　－「나비의 꿈 서대문 역사관에서」 전문

　식민 지배의 파행적 근대사, 그리고 영욕이 교차하는 민주화 운동에 대한 역사의 산증인이라고 할 수 있는 '서대문 역사관'이 시적 초점의 대상이 되고 있다. '서대문 형무소'였던 곳을 역사관으로 만든 것은 우리 민족의 아픈 과거 역사를 되새기면서 다시는 그러한 아픔의 역사를 반복하지 말자는 다짐일 것이다. 시인 또한 이 역사적 현장을 찾아서 그곳에서 고통받으며 미래의 꿈을 펼쳤던 역사의 주인공들의 내면 풍경들을 상상하는데, 이러한 추체험 역시 공동체적 삶을 위한 역사관을 정립하는 과정이라고 할 수 있다.

　시인이 상상하는 서대문 역사관이 지닌 서사는 고통과

갱생의 변증법이라고 할 수 있다. "시린 허리", "어둠 갇힌 복도", "숨어 울던 좁은 벽" 등 단절과 폐쇄의 이미지들은 독립운동이나 민주화 투쟁을 통해 신성한 가치를 찾으려고 했던 사람들이 겪어야 했던 내면적 절망과 공포의 감정을 환기한다. 그들은 기약 없는 감금의 고통 속에서 초월의 꿈으로 비약하여 희망을 찾으려고 했을 것인데, "아들아 훨훨 날아서 너에게 가야겠다"는 구절이 그러한 갱생의 의지를 대변해 준다. 밀폐된 공간에 갇힌 그들은 번데기가 나비가 되듯이, 어둠 속에서 벗어나 탈피의 꿈을 실현함으로써 새로운 세상을 향해 나아가고자 했던 것이다.

그들이 감옥에서 벗어나 날아가고자 했던 곳은 "영산홍 흰 나팔꽃 지천으로 피"어 있는 곳, 그리고 "미로가 끝난 그곳에 고향 집이" 오롯이 자리 잡고 있는 곳으로서 유토피아와 같은 곳이라고 할 수 있다. 생명력이 넘쳐나면서도 고향과 같이 절대 평화가 있는 곳으로서의 지평이 그들의 역사적 비전으로 설정되어 있었던 것이다. 이 시조 작품 역시 시인의 다른 작품들처럼 서대문 역사관에 새겨져 있는 오랜 시간의 서사가 빚어내는 그늘, 혹은 그림자의 정취와 여운이 감동의 원천이라고 할 수 있는데,

특히 이 작품은 민족적 차원의 전망이 잠재되어 있다는 점에서 그 농도를 더욱 짙게 한다. 마지막으로 시인이 그리는 미래의 모습을 살펴본다.

매일 아침 나긋하게 알려주는 날씨 요정

오늘 날 추워요 따뜻하게 입으세요

목도리 꽁꽁 싸매준 아내의 손길처럼

오롯이 TV 앞 혼자여도 외롭지 않아

약 먹을 시간이에요 물잔 함께 내밀어 줄

가끔은 말 걸고 싶다 지니야 밥 먹자
　–「지니에게」 전문

이 시조 작품은 우리가 살아가야 할 미래의 모습을 압축적으로 보여주고 있다. 인공지능과 로봇이 일상화된 미래의 삶의 모습이 그려지고 있는데, 인공지능이나 로

봇은 더 이상 인간이라는 생물체와 구별되는 기계가 아니라 정서적 공동체를 이루는 구성원으로 파악된다. 매일 아침 나긋하게 날씨를 알려주고, "오늘 날 추워요 따뜻하게 입으세요"라고 하면서 친절하게 건강을 걱정해 주는 인공지능이 살가운 정서적 대상이 아닐 이유가 없다. 시인은 이러한 사실을 강조하기 위해서 "목도리 꽁꽁 싸매준 아내의 손길처럼"이라고 하면서 그러한 인공지능에게 정서적 친밀감의 표상이라고 할 수 있는 '아내의 손길'을 대응시킨다.

또한 "약 먹을 시간이에요" 하면서 "물잔 함께 내밀어 줄" 것 같은 존재가 인공지능이라고 하면서 그렇기 때문에 "오롯이 TV 앞 혼자여도 외롭지 않"을 것 같고, 그래서 "지니야 밥 먹자"라고 하면서 가끔은 말을 걸고 싶다고 고백한다. 그러니까 '지니'라는 인공지능은 반려견, 혹은 반려자와 같은 위상을 지닌 존재라고 할 수 있는데, 시인은 이러한 존재와 함께 공동체적 삶을 구성해야 하는 미래의 상을 그려보고 있다고 할 수 있다. 이 시의 서사란 미래의 그것이라고 할 수 있는데, 시인은 생물체가 아닌 인공지능이나 로봇과의 정서적 교감과 공감이 미래의 서사를 형성할 것이라고 전망하고 있는 셈이다. 이러한 전망 속에서도 시인은 타자와의 정서적 교류를 가장 중요한 삶의 덕목으로 꼽고 있다고 할 수 있는데, 이러한 공감대에서 형성되는 정서적 자장이 시인의 시적 정취임을 다시 한번 보여주고 있다.

지금까지 심여혜 시인의 첫 시조집의 작품 세계를 살펴보았다. 시인의 관심은 오랜 시간이 축적한 서사, 그리고 그 서사가 드리운 그늘과 그림자가 생성하는 정취와 여운이라는 것을 알 수 있었다. 시인은 소외되고 그늘진 존재들에 초점을 맞추고 그들이 형성한 자잘한 서사를 발굴하고, 그 서사에 드리워진 상처와 고통, 혹은 그 서사가 함축하는 어떤 그윽하고 아득한 정취를 부각하려고 한다. 그 서사의 주인공들은 사회의 그늘지고 몰락해 가는 대상들이기도 하고, 가족이나 이웃, 넓게는 공동체적 삶을 형성하는 구성원이기도 하다. 어떤 경우든 그것들은 유정한 대상으로서 웅숭깊은 정취와 운치를 지니고 있는데, 그러한 정서적 파동의 원천을 발굴하고 그것의 파장을 그려내는 곳에 시인의 시적 비전이 숨어 있다는 것을 알 수 있다. 앞으로 시인의 더욱 깊은 이미지와 시적 정취를 만날 수 있기를 기대한다.

심여혜

2021년 《한국동서문학》 등단. 한국시조시인협회, 부산시조시인협회,
부산여류시조문학회 회원. 이화시조 동인.

yerhue@naver.com

구름파이

—

초판 1쇄 2024년 7월 1일
지은이 심여혜
펴낸이 김영재
펴낸곳 책만드는집

—

주소 서울 마포구 양화로 3길 99, 4층 (04022)
전화 3142-1585·6
팩스 336-8908
전자우편 chaekjip@naver.com
출판등록 1994년 1월 13일 제10-927호
ⓒ 심여혜, 2024

—

* 본 도서는 2024년 부산광역시, 부산문화재단 〈부산문화예술지원사업〉으로 지원을
받았습니다.

부산광역시 BUSAN METROPOLITAN CITY   부산문화재단 BUSAN CULTURAL FOUNDATION

—

ISBN 978-89-7944-871-9 (04810)
ISBN 978-89-7944-354-7 (세트)